아
토
포
스

5

atopos

아토포스 5 | 2022

정말로 삭제하시겠습니까

1판 1쇄 발행 | 2022년 6월 20일

지은이 | 정영호 외
발행인 | 이선우
펴낸곳 | 도서출판 선우미디어
　　　　등록 | 1997. 8. 7 제305-2014-000020
　　　　02643 서울시 동대문구 장한로12길 40, 101동 203호
　　　　☎ 2272-3351, 3352 팩스: 2272-5540
　　　　sunwoome@hanmail.net
　　　　Printed in Korea ⓒ 2022. 정영호 외

값 13,000원

※ 잘못된 책은 바꿔 드립니다.
※ 저자와의 협의하여 인지 생략합니다.

ISBN 978-89-5658-702-8 03810

정말 삭제하시겠습니까

아토포스 5집

2022

차 례

배윤자

sil5541@daum.net

시작 노트

물살에 쓸려 다니는 수초들,
자작나무 숲을 드나드는
저녁 새들의 둥지를
길어 올린다
여기 좀 봐, 두레박이 제법 묵직하다

*계간 〈문예춘추〉 시와 수필 등단. 한국문인협회 회원. 시집『내 마음의 행로』
헤르만헤세 문학상. 경기펜문학 작가상 수상. 문예춘추 문학상 수상

옥수수 잎을 바라보면서

내 키보다 크게 자란 옥수수
자연스럽게 멋스럽다
하루가 다르게 정감이 간다
옥수수를 즐겨 심지만 그 모습 그대로
나를 열대 고원으로 끌고 간다

종일 흐린 날씨에도
이파리는 더욱더 흔들린다
먼 곳의 시선을 가려주기도 하고

울타리가 되어 든든한 마음이다
먼 옛날 내 고향에서
6·25전쟁 때 피난 갔다가
옛집으로 돌아와
할머니가 삶아주시던 옥수수

고향 집 마당에 피어나던 분꽃이
아무리 나를 다섯 살 어린 시절로
돌려놓으려 해도
나는 이제 손녀 사랑 바보 할미꽃이다

수석

철썩거리는 파도와 뙤약볕에 그을려
잘 다져진 몸
짠맛 비릿한 맛 바다 냄새 맡으며
자유롭게 떠밀리면서
깎이고 패여서 다듬어 놓은 걸작품

머나먼 고향 제주도 바다
어느 이름 없는 배에 실려 와 입양하고
수십 년이 지나도록 지극한 사랑 받다가
또다시 옮겨진 모진 생명

세상 풍파 겪어도 고혹한 모습으로
중후한 멋 부리며
내 삶을 말하는 것만 같다
살아온 흔적만큼 할 말들이 많은 요즘
처음 그대로 침묵하고 미동도 없다

나도 그럴듯한 좌대에 앉아서
다소곳이 쉬고 싶다

거꾸로 가는 시계

언제 여기까지 돌아왔을까?
어린 시절에는 빨리 어른이 되고 싶었다
끝이 안 보이는 공부와 직장생활에 지치던 어느 날
결혼만 하면 행복할 줄 알았다
아이들 자라는 모습과 뒷바라지에
시간 가는 줄 모르고 마냥 즐겁고 행복했다
젊음이 좋은지 소중한 것인지도
까맣게 잊어버리고
세월이 빨리 지나기를 기다렸다
삶은 마음과 다르게 정시 정각에 와 주지 않았고
살아가면서 겨우 알았다
수많은 시행착오와 갈등들
성숙한 포용력으로, 내 안에 벽돌을 쌓아 올리는
마음으로 무거운 나를 내려놓았을 때
어느 순간, 실패는 성공의 어머니라 했던가
우연찮은 요리 공부가 내 평생의 직업이 될 줄이야
수많은 제자를 길러내고 방송을 통해서

세상에 내 이름을 걸었다
못다 한 공부, 채워지지 않는 목마름
나의 내면을 세상에 환하게 드러내면서
시를 쓰고, 시를 따라다니며
나는 거꾸로 돌아가는 시계가 되었다

어린 시절

나에겐 세상에 하나뿐인 여섯 살 손녀딸이 있다
1951년 1월 4일 밀고 당기는 전쟁 속에서
미군 부상병들의 군함을 겨우 얻어 타고
남으로 피난 온 곳
푸른 물결 갈매기 우는 항구도시 부산이었다
산꼭대기 판잣집에 살 때
낮에는 아이들과 절터에 가서
바람에 나부끼는 풍경소리 들어가면서 뛰놀다가
해 질 무렵이면
벽에 걸린 엄마 옷에 얼굴을 묻고 울었다
낙동강까지 단숨에 내려온 중공군과 인민군
자칫하면 다 빼앗겨 버렸을 우리 대한민국!
연합군 도움으로 휴전이 되었지만
아직도 끝나지 않은 분단의 아픔 속에서
날마다 고향 그리워 북녘 하늘만 바라보다 가신
부모님을 생각한다
사랑하는 손녀딸 보인아!

너는 부디 이런 아픔이 없는 삶이어야 한다
천사처럼 나비처럼 훨훨 날아오르며
아름다운 나라를 만들어 주렴

내 사랑하는 손녀딸 보인아!
그때 내 나이 너와 같은 여섯 살이었단다

붉은 고추

한여름 파란 꿈으로
비바람 안개 이슬 더불어 노래했다
이글거리는 태양이
아무리 못살게 굴어도
기꺼이 여기까지 왔다

나도 언젠가
너랑 같이 붉게 물들어
후회 없이 잘 살았다고, 서로에게
빨갛게 물들여 주며 여기까지 살아왔다고
기쁨을 노래하고 싶다

사랑

인고의 세월 속에서
기다림의 시간으로
사랑은 파도를 타고
넘실넘실 춤을 추네
끝없는 수평선 저 너머로
무지개 행복 따라나서지만
행여나 그 행복 파도에 밀려
본향으로 돌아올지라도
멈출 수 없는 그리움은
보랏빛 포도송이처럼
말갛게 익어만 간다
그대 사랑 내 안에 영글어간다

코스모스 연가

한여름의 뒤안길에
눈부시게 파란 하늘 아래
바람 타고 한들한들 박자 맞추며 춤 추는 모습에
잊어버린 파란 미소가 살아나온다
누구를 위한 몸짓인지
가을의 화신, 너를 화폭에 가득 담아본다
연분홍 진분홍 자주색 하얀색의 조화로움
실체보다 더 아름다운 모습은
나를 매료시키고 세상을 밝힌다
무심한 계절의 변화 속에서 한껏 승화된 모습으로
가냘프지만 요염한 자태가 애잔하다
가을 속으로 익어가는 계절 자꾸만 보고픈 너와 함께
이 가을의 정취에 흠뻑 젖어보리라

정영호

chung525@daum.net

시작 노트

오늘 아침 창을 열다
꽃이 피고 지는 벚나무를 바라보면서
덧없는 생을 오래 생각하였다

*한국예총 〈예술세계〉로 등단(시). 전 서울시 사무관. 대통령 근정포장 수
상. 예술시대작가회, 무시천문학동인. 공저『은하를 횡단하는 별』외 다수

사람들 사이에 긴 파문이 일고 있다

찡그리고 있는지
웃고 있는지, 노래하고 있는지
무언가 들어오는 것을
막아보자는 계산인지
아니면 나가는 것을 막아보자는
인색한 심사인지

나를 보호 하는 건지
남을 보호 하는 건지
길을 막고 물어봐도
웅성거리기만 하고
대답을 못 하는 사람들

입은 닫고 귀만 열라는 거다

애물단지

우리 집에는
오래된 애물단지가 두 개 있다

이십 년 전 이사 올 때 끌고 와
아직 개봉을 못 한
눈엣가시 같은 소금단지
여기저기 물불 가리지 않고 싸다니는
갱년기 아내를 덤으로 끌어안고 산다

그런 아내에게 사골국을 끓이라고 했더니
애물단지를 열고
딱딱하게 굳은 소금 한 덩어리를 꺼내
빻아서 가루로 만들었다
소금은 쉽게 빻아지는데 머릿속은 복잡했다
잘 우려 놓은 사골 국물에
파와 소금을 뿌리고 간을 보는데
그 맛이 아주 쓰다

정말 삭제하시겠습니까

죽은 지 수년이 흘렀는데
내 폰에서 떠도는 친구가 있다

이름만 살아서
이따금 기억을 어루만지는 폭탄 친구

내 비자금을
아내한테 불어버린다고
나름 핵무기를 가지고 있었다
공갈협박죄로 고소하겠다고
맞섰지만 소용이 없었다

결국 비핵화를 위한 협상에 들어갔다
그렇게 몇 년이 흘렀는데도
협상은커녕 괜한 술값만 날렸다
결국 그 친구는 내 아내에게
미사일 한 번 날려보지 못하고

술 때문인지
간암에 걸려 끝내 운명을 달리했다
죽는 순간 뭐라고 중얼거렸다고 하는데
아내는 알아듣지 못했다
무서운 핵무기를 안고 땅속에 묻힌 것이다
이제는 그를 삭제해버려야겠다

정말 삭제하시겠습니까?
예.

마음 값

친구 아들 결혼식 날
새 양복 차려입고
오만 원짜리 지폐 두 장을 봉투에 담고
집을 나섰다

1시간 정도 전철을 타고 달려가는 내내
그 친구와 추억이 주마등처럼 스치고
나름 절친으로 지내 온 사이라
생각했는데
내 아들 결혼식 때는 그림자도 안 보여주고
축의금도 없이 모른 척 지나갔다

나 혼자 묻고 나에게 대답하길
여러 번,
봉투에서 오만 원짜리 한 장을 다시 꺼냈다가
슬그머니 다시 밀어넣었다

내 마음 값으로 치면 얼마나 될까?
예식장을 나오는데
봄비가 오락가락한다
벚나무 가지도 내 마음 알겠다는 듯
끄덕끄덕 무거운 가지를 흔들어 대며
꽃잎을 털어댄다

연금 통장

연금 통장 속에
쥐 한 마리 살고 있다
연금이 들어오는 문자 소리에
잠을 설치고 일어나
한 달 살아갈 그림을 콜라주 해보지만
아무리 머리를 쥐어짜 봐도
수입과 지출이 늘 어긋나 있다

이런 마음도 모르고
연금 통장을 갉아대는 소리
왜 통장의 숫자들은
자꾸만 어디로 떠나는 걸까?
한번 가서는 돌아오지 않는 것들의
흔적만 무성하다

내 연금 통장 속에는
쥐 한 마리 살고 있어

언제나
~만한 쥐꼬리를 달고 다닌다

꽃 같은 날

꽃샘바람 잘 견뎌내고 핀 벚꽃
꽃봉오리 활짝 펼치며
내가 사는 아파트 단지 모퉁이까지
꽃등 며칠 밝히더니

한 잎 두 잎 꽃비 되어
허공을 맴돌다가
봄비에 젖어 길바닥에 뒹굴고 있다

오늘 아침 창을 열고
벚나무를 멍하니 바라보며
꽃같이 젊은 날
펄펄 피고 지고 나부끼다가
언젠가는 황망히 잊혀져 가는
덧없는 생을 돌아보았다

이필영

wintree1@hanmail.net

시작 노트

주변에 쓸거리가 차고 넘치지만 시의 가슴이
움직이지 않으면 무용지물이다. 시인의 감수
성을 기르며 여러 사물과 자연물에 색다른 의
미를 부여할 수 있는 눈을 키우고 싶다. 시와
는 이별을 고할 뻔하였으나 옆에서 손을 잡고
응원해주는 소중한 인연들 덕분에 끈을 이을
수 있게 되었다. 저 너머의 세계보다는 내가
발을 디디고 있는 곳에서 시를 발견해보자.

*T.S엘리엇상 현대시부문 수상. 전)충의문학제 백일장 심사위원. 공저『생의
방법론』외 다수. 한국문인협회 회원. 현)고등학교 국어 교사

봄 앓이

밤새 눈발이 울고 나는 앓았다
소갈증으로 밤낮 기침을 하고, 목소리는 잠겨 들고,
몸에서 살얼음 꽃 피어났다
허리가 뒤틀리면서 갑자기 발목에 통증이 왔다
엄지발가락은 바짝 선 채 움직이지 않고
묘한 두려움이 사방을 포위하며 가슴을 먹먹하게 했다
서랍을 뒤적이며 진통제를 찾으려는데
내 몸의 중심이 어긋나고 기우뚱했다

베란다 통창에 비치는 눈송이들의 화려한 춤사위를
멍하니 바라보는데,
하얀 드레스를 입고 달빛의 사랑스러운 조명을 받으며
하늘의 품에서 마음껏 놀아나는 눈송이 같은 것이
지상으로 펄펄 내려와 내 딱딱해진 마음을 두드렸다

얼어붙었던 귀가 열리고
작년 가을 풀씨들의 수런거림이 들려 오더니

마른 뿌리들의 아우성이 들려오기 시작했다

흰 새벽 이제 내 몸에도
푸르디푸른 싹이 올라올 참이다

흩어지다, 4월

시를 쓰겠다고, 무언가 적어야만 하겠다고
이왕이면 세상에 하나뿐인 시를 노래하겠다고,
서랍이며 옷장이며 코트 주머니를 털었다

쓸어 모은 시어 몇 줄 들고 혼자 중얼거리다가
모자와 마스크로 얼굴을 덧씌우고,
눈동자는 선글라스로 감추고
육중한 철문을 열고 나와 이어폰을 끼우고 걸었다

벚꽃 흩어지고 개나리 꽃망울도 따라 흩어지고
산 넘고 강 건너 민들레 홀씨까지 흩어지고
분수가 흩어지고 땅이 흩어지고 사람들이 흩어지고
이어폰에서 재즈와 새소리가 흩어지고
선글라스와 눈빛이 흩어지고, 마스크와 입술이 흩어지면서

어느새 모자를 벗어 던지고, 선글라스는 머리에 올라앉고
운동화는 발과 흩어지면서

따로 놀던 몸과 마음이 또다시 흩어지고
길어진 햇살 아래서 게으른 나무 그림자가
한쪽으로 길게 목을 늘어뜨리는가 싶더니
내 그림자를 끌고 멀리 흩어진다

백조

밖

　모든 보이는 것들의 안쪽에 현미경을 들이대면 나름대로 자기 발버둥이 있다 어깨는 아래로 목은 좀 더 하늘을 향하도록 쭈욱 늘이면, 우아함도 절로 늘어난다 프랑스 명장의 손에서 한땀 한땀 정성으로 빚어 다듬어 놓은 명품 깃털도 풍성하게 장식하려면, 모가지가 부드럽게 휘어지도록 쓸고 다듬기를 하는 동안, 어느 백 년은 족히 걸렸을 것이다 저 눈꽃처럼 고운 옷을 입은 자태야말로 거리의 최고의 품격자라고, 감히 말 할 수 있는 것은 코끝에서 샤넬 향기를 스치게 한다는 것이 아니라, 누구나 최면에 걸려들어 마구마구 부러움을 솟구쳐오르게 한다는 것이다 그러므로 처음부터 백색은 자기 빛깔이 없는 게으른 색이 아니라, 그 거친 빛깔을 버리고 유리 백색을 빚어 올리기 위해 세상에 날아든 것이다

속

   마법이 풀릴락말락 할 때는 서두름이 필요하다 고정 렌즈의
이동을 포착하면 가까운 거리는 사양할 정도로 단호함을 가져
야 한다 발버둥의 보안을 위해서는 거리두기 4피트에서 7피트
는 필수다 백조의 존엄을 지키려면, 최소한 명품 사기로 엉성
해진 잔고에 아랑곳하면 안 된다 성능 좋은 물갈퀴와 잠수복도
요긴하게 쓰인다 물갈퀴와 잠수복은 이번엔 짝퉁들의 집성촌
도떼기시장 구석 자리에 가야 한다 흥정만 잘하면 최저가로
들고오는 행운도 얻을 수있다 물갈퀴를 달고, 잠수복을 입고
물속으로 들어가면 우아함을 감당할 화려한 발버둥이 시작된
다 휴식 시간도 없이 더욱더 센 강도로 발버둥을 쳐야 하는
숙명은 밤이 되어서야 풀리게 된다 콩닥콩닥 끊임없는 두근거
림으로 내 안에 울음 방 한 칸 만들어지고, 침대 위에서 흘린
눈물만큼 아침이 되면 다시 에너자이저가 된다

결코, 가볍지 않은 가벼움

말이 많아지려고 하면 거울을 보아야 한다
남보다 일을 적게 하면서도 많이 하는 것처럼 보이고 싶을 때
그는 자신이 힘들다는 것을 풍선보다 더 부풀리고
갑자기 주변 사람들에게 얼토당토않은 이야기를 쏟아내며
평소에 친하기로 말하자면
어릴 적부터 끈이 줄곧 이어져 온 듯하다
왁자지껄 떠드는 소리에서 벗어나 차분히 음악을 들으며
명상에 들고 싶을 때
어젯밤에 준비한 샐러드의 초록색을 맛있게 뜯어먹으며
점심시간을 보내고 싶을 때
여유로운 일상을 보내고 싶을 때만 신기하게도 굳이 알아차
리는
섬세한 감수성은 가볍기가 이루 말할 수 없는 언어들을 쏟
아내며
자신을 치장하기에 바쁘다
만약 그에게 거울이 있다면 자신이 장식하고 있는
언어의 액세서리가 돼지가 걸고 있는 진주목걸이보다

더 아름답다는 것을 볼 수 있을 텐데
몇 년 전에 소중한 거울을 야시장에 갔다가
깨뜨렸다는 이야기가 있다

슬픔의 급소

나는 어젯밤 슬픔 비슷한 것 하나를 들고
밀고 당기며 몸부림했다
연장전을 치를까, 차라리 두 팔을 들어주고 말까
노트를 펼치고 무언가를 받아 적어보고
파지 직전의 부적을 활활 불사르듯
하드코어를 켜 놓고 아무리 몸으로 울부짖어도
도무지 백기를 들어주지 않는 슬픔

노트북에서 인터넷을 뒤적거리다가
어디선가 새어 나오는 발라드 한 소절에도
눈물방울 살짝 떨어뜨려 보고,

이불을 움켜쥐고 한바탕 억머구리가 되어보기도 하면서
이것저것 슬픔의 급소를 부지런히 찾아내다 보니
봇물로 터져버린 눈물샘은 서서히 말라가고
심장에서 차오르는 슬픔의 불길이
천…천…히 무언가 가슴에 잡히는가 싶었는데,
그렇구나, 오늘이 가장 슬픈 날이어야 하구나

함선미

3343525@naver.com

시작 노트

꼴 보기 싫은 사람 투성인 줄 알았는데
사회적 거리두기를 하다 보니
이따금 보고 싶은 사람도 있다
이대로 코로나 걸려 끌려간다고 해도
뭐, 크게 아쉬운 것 없다고 당당해 보다가도
기침만 올라와도 키트를 찾게 되는 쓴웃음
불가항력이 덮치는 날이 오더라도
일단 연필이나 몇 자루 깎아 놓고 보자

*〈시로 여는 세상〉 신인상 수상. 예도시 동인 『유마의 방』 외 공저 다수

힘줄

45도 기울어진 마을버스 정류장
미끄러져 오던 버스가 기우뚱 멈춰 선다
바닥을 움켜쥔 바퀴의 힘줄이 붉다
기울어진 바닥과 바퀴 사이에서 도는 팽팽한 긴장감,
네 바퀴로 구르면서 바닥에 수평 맞추는 일
어디 버스뿐인가
버스에 탄 사람들도 바닥의 각도에 몸을 맞추려면
한두 번쯤 몸이 좌우로 흔들려야 한다

비탈길에서 나온 좀비족
앞문, 뒷문으로 비집고 들어가고
턱을 번쩍 든 버스가 다시 출발한다
상큼빨래방을 지나
교촌치킨을 지나
은하수초등학교 후문 쪽을 들어서자
다시 몇 번 튀어 오른 바퀴가 다시 힘줄을 놓는다
코앞이 바로 전철역인데

앞의 차
앞앞의 차
앞앞앞의 차
버스는 도무지 움직일 생각이 없다고
눈만 꿈뻑대며 힘줄을 팽팽히 끌어당긴다

성질 급한 청년이 문짝을 두들겨 패며
내린다고, 당장 내려야 한다고 소리 질러 보지만
버스는 서다, 가다, 한 열 번쯤 멈칫거리더니
지하철역 코앞에 닿아서야
푸~ 닫힌 입을 연다

어제와 같은 걸음들이
1호선 강물역 지하도로 흘러 들어간다

그니까요

슈베르트 마왕의 벨 소리가 다급하게 울렸다
세차장에서 막일하는 동생이 다쳤다며
수술비가 당장 필요하단다
천만 원을 입금해 달라고
동생의 둘도 없는 사회친구가 울먹인다
사회친구라니, 그럼 나는 국민누나인가
일있으니 일단 전화부터 끊어보라 했다
당장 입금해야만 수술할 수 있다고
통화 중에 서둘러 입금부터 해 달라고 졸라댔다
마이너스 대출이 넉넉한 내 계좌에서 바로 쏴 줘야 하나
매몰차게 끊어 버릴까
동생은 얼마나 다쳤냐고 물어보지도 않은 채
머릿속에서 계산기를 두들기는 내가
진정 사회성은 좋은 걸까
아니면 학습이 너무 잘 되어있는 건지 모르지
잠시 고민해 보는 사이
동생의 사회친구가 다시 국민누나를 찾는다

누님, 누님, 그냥 이대로 동생을 죽일 셈이세요?
마치 맡겨놓은 돈을 내놓으라 다그치듯 쏘아댄다
천만 원이 어디 있느냐고 엄살을 부리니
전화 끊지 말고 카톡으로 누구에게든 얼른 돈을 구해보란다
갑자기 동생의 고통스러운 신음까지 들려왔다
정말 다쳤을까, 슬슬 걱정스러워지는 건
그놈과 내가 보이지 않는 핏줄로 연결되어서겠지
천만 원과 핏줄이 팽팽하게 당겨졌다
어찌해야 하나 수화기를 든 채 고민하는데
수백 명의 카톡 친구들이 답한다

그니까요
그니까요

키득키득

점심을 먹고 계단을 오르는데
초등학생일지, 중학생일지
여학생 셋이서
쪼그리고 앉아 핸드폰을 보며
키득키득

며칠 전에도
학생 몇이 앉아 있는 걸 보았는데
오늘은 그대로 지나치지 못하고 물어봤다
너희들은 왜 앉아 노는 거니?
와이파이가 되니까요
그랬구나
따가운 햇빛을 피한 그늘보다
빠른 속도를 원하는 세상이
너희들을 여기 모아 앉혔구나

사무실에 앉아서

끌어 당겨보는 인터넷세상도
빛의 속도를 즐기는
소녀들 이마에 걸린 땀방울도
키득 키득 하는
어느 여름날 오후

너도 마스크

마곡에 들어서면
매끈하게 서 있는 새 건물들
누나의 살구색 스타킹을 몰래 신은 듯
살빛이 수줍다
그녀의 긴 다리를 훔쳐본 것도 아닌데
고개 숙인 채 지하철 입구를 먼저 찾는다
빠르게 내려가는 계단에서
마주치는 사람들
어느 연극 무대로 향하는 건지
하얀색에서 검은색, 분홍색, 파란색
점점 진화하고 있는 분장의 속도로
눈만 반짝이는 마기꾼*을 한가득 실은 전동차를 향해
태그를 접촉하자
"마스크를 착용하세요"
꾸짖듯 나무라는 전자음
분장선을 타고 아홉 정거장을 거쳐
당당한 걸음으로 출입문을 빠져나와

삼촌이 근무하는 샘물 동네를 향해
가파른 계단을 올라서 나오니
역시 미끈한 건물들이 빼곡하게
분장을 하고 줄 서 있다
"점포 임대"
큰 입에 하얀 마스크를 쓰고 나풀대는
너도 마스크

*마기꾼─마스크와 사기꾼의 합성어

이자를 만나러 가는 날

바지 허릿단을 늘인 세탁소에
사천 원 외상값을 먼저 갚고
만 원에 4개짜리 맥주를 사던 편의점
거기엔 잔돈 따위 문제가 없으니
계산할 것이 없다

이자를 만나는 것이
무서운 일은 아니지만
다시 돌아오지 못할 수도 있다니
돌려주지 않은
빌렸던 것들은 정리하고 싶다
그러다가, 빌리지는 않았는데
너무 많이 받은 것들은 어쩌나
갚아주지 못한 뜨거운 마음들
고마움은 무거워서
어찌 들고 가야 하나

이자를 만나러 가기 위해
일단 조수석에 빚진 마음을 내려놓고
파다닥 시동을 걸었다
다시 마음을 쓰다듬을 수 있다면
받았던 것들에게 대한 미안함쯤이야
아무렴 어떠한가

화이자 백신 한 방에
내 전부를 모두 걸었는데

모래의 여자*

에메랄드빛 제주 협재 해수욕장
잔잔한 파도와 노을이 아름다운
해안가 한쪽에
허름한 천막으로 덮인 모래 무덤이 있다
모래 무덤을 바라보며
모래의 여자를 떠올린다
여자의 모래 구덩이에 갇힌 한 남자가
탈출을 위해 연신 삽질을 해대지만
환상의 공간 속으로 점점 빠져들었다
파도는 속절없이 철썩이고
어둠이 내려앉는 저녁 협재
수평선 너머 하늘은 노을을 꿀컥꿀컥 삼키며
바다와 하늘의 경계를 지워갔다
바람에 흐트러지는 머리카락을 가다듬으며
시선을 수평선 저 멀리 던져 보아도
떠밀려왔다가 떠밀려가는 파도에
모래알의 흐느낌마저

거친 물결 속으로 스며들었다
내 기억의 저 안쪽에서도
불안한 기억들이 모래알처럼 쓸려다닌다
퍼내도 퍼내도 쌓여가는 시름이 깊어만 간다

*모래의 여자: 아베 코보의 장편 소설

이따가

이른 아침 감나무 아래서
떫은 감 몇 개를 주어
소금물 항아리에 담아 놓고
턱을 괸다

간밤에 쓴
한 편의 시가
우려지기를 기다리는 동안

다섯 번의 벨이 울리고
수신을 꾹 누른다

그리고
상대 말은 듣지도 않고
'이따가 통화해' 한다

이따가

감이 우려지고
시가 우려지면
한 접시 내가 말랑거리면

이소윤

soyoon7891@hanmail.net

시작 노트

어머님,
살아온 만큼 다 내어주시고
그 바닥에 받쳐놓은 것까지
다 쓸어모아 퍼주시더니
꽃으로 묻히고 나서야
파주 꽃, 환하게 피어오르시네

* 한국예총〈예술세계〉신인상 수상(수필). 시집 『당신만 한 사랑 어디 있나요』
『하늘 끝까지 걸어가지 않을래』 장편소설 『어느 흰옷의 거짓말』 예술시대작
가회 회원

나이테

나무는
제 몸 안에 푸른 물 돌돌 말아 올리면서
나이 먹고
나는 나이를 입으로 먹거나 몸 밖으로 먹는다
압박붕대로 감아놓은 내 발등은
가을 땡볕에 말려보고
직외신에 밀어 넣어봐도 어림없고
나무 밑동을 돌돌 말아 파먹어봐도
통 기별이 없다

이런저런 날벼락 온몸으로 맞아가면서
내가 말아 먹을 줄 아는 것은
나이테가 아니고, 나이는 더욱 아니고
기껏 나물 비빔밥뿐이다

관산동 식당 앞에
어림잡아 반백이 넘어 보이는

늙은 대추나무 서 있는데
주인 여자가 여름 내내 설거지물 뿌려대던
나무 밑동에서
해종일 촉촉한 그늘을 햇살이 밀어내는가 싶더니
대추나무 가지에 달꽃이 올라왔다

거미줄

사람 목에 거미줄은 옛말이다
요즘 거미는 안 보이는데
온통 거미줄이다
둘도 없는 친구와 나 사이에도
거미줄이 가로막았다
이따금 나는 거미 망을 들고 거리에 나간다
거미줄에 엉켜있는 사람들 사이를
아슬아슬 비켜 다니면서
물 샐 틈 없이 촘촘하게 거미집을 지어 올린다
내 거미줄은
삼송역 8번 출구 에스컬레이터를 오르내리며
동국대병원 정형외과 근처에서
기둥 몇 개를 세우고
하나로마트를 몇 바퀴 감아올리며
지붕을 씌우기도 한다
그런 날은 내가 쳐 놓은 거미망을 가만히
올려다보며 거미꿈을 꾼다

달 잠

종일 햇살 놀다간 자리에
저녁달이 차올랐습니다
산 넘고 강 건너가신 우리 어머니
가끔 산 넘고 강 건너 다시 돌아오십니다
내 달 잠 깨울까 봐서
소리 없이 달그림자로 서성이다가
내가 놀라 깨어보면
어머니가 안 보입니다
올여름 그 자리에서
달그림자로 사위어 버립니다
어머니, 왜 한 사람은 잠들어 있고
여기 또 한 사람은
잠들지 못하고, 깨어있지도 못합니까

꽃그늘에 물들더라

우리 엄마 49재 지내고 돌아오는 길
어느 빈집 담장 아래 봉숭아꽃 피었더라
꽃물 들일 사람의 그림자는
얼씬거리지 않고
어디 한가롭게 놀고 있는 손톱도 안 보이는데
봉숭아꽃 저 혼자
꽃그늘 제 발등에 물들이고 있더라
우리 엄마 먼 길 잘 가시라고
부어오른 내 발등에
잎사귀만 한 꽃그늘을
막내아들 가슴에 붉은 꽃그늘을,
철철 물들이면서
봉숭아꽃 흐드러지며 피고 있더라

밥때

밥때가 되어
쌀을 씻어 밥솥에 앉히고
남은 물을 베란다 화분에 쏟아줍니다
마주 앉아 나눠 먹을 수도 없는
나 홀로 밥상을 차려내는 사이
한쪽에서 풀 죽어있던 고무나무가
시퍼렇게 살아서 나를 지켜봅니다

나는 살균 처리된
고급 생수병을 입에 물리고
허드렛물은 베란다 화분에
적선하는 마음으로 나누어 적셔줍니다
그래도 좋다고, 배부르면 그만이라고,
한쪽 구석에서
연꽃이 꽃망울 말아 올리며
내 밥상머리에
햇살 한 접시 끌어당겨 줍니다

부시다, 어머니

어머니 근처에 가면
내 몸에 불이 켜진다
세상을 향해
자꾸만 어둑한 길 두리번거리는 나에게
어둡지 말라고, 더는 캄캄하지 말라고
가슴에 불을 켜고, 빛으로 밝혀주시며
안간힘을 다하시는 어머니
옛날 어느 저녁 길 못된 웅덩이 밟지 말라고
불빛을 당겨주시듯
내 몸속에 부시게 부시게
빛을 당겨주시는 어머니가
내 가슴에 환하게 빛으로 계신다

어머니의 바람

요즘 어머니가 바람을 깜박깜박 까먹는다
어머니 눈망울에서
갈바람 울고 벽제천 갈대가
으슬으슬 몸서리치며 노래하기도 한다
어느 봄날 꽃샘바람에
꽃 같은 청춘이 영문도 모르고
피고 지고 피고 지고 목이 아프게 노래하다가
끝내 떠나고 말더라고,
말씀하시던 기억도 행방이 묘연하다
이따금 어머니 눈망울에서
햇살이 그렁그렁 차오르기도 했지만
남은 생, 칼바람 흔들고 먹장구름 덜컹거려도
내 아들딸 사이좋게 살라고,
노래하시던 바람도 문득 까먹고
요즘 먼 하늘만 올려다 보신다

이현자

sanbutji@hanmail.net

시작 노트

사람들이
백 마디 말을 할 때
바위, 너는 한마디 말로도
모든 걸 표현할 수 있는
능력까지 갖추었구나
정확한 판단력 예지력
고로
나는 너를 사랑할 수밖에

*중앙대학교 문예창작학과 졸업. 〈문학세계〉와 〈예술세계〉 시 부문 신인상.
한국문인협회(문학생활화위원), 한국문인협회 은평지부(이사), 나라사랑문
인협회(이사). 시집『왕소금』

동백이 왔어요

친구에게 손목 잡혀 따라나섰습니다
어디 가느냐 묻지도 못하고
다홍 저고리 덧걸치고 허둥지둥
그냥 따라나섰습니다
달처럼 구름처럼 앞서거니 뒤서거니
사잇길로 슬쩍 빠져버렸습니다
바람, 지금은 혼자인 것 알고 있겠지요
손을 놓지 말 걸 후회하려나
도란도란 이야기하며 왔다 하여도
잠시 눈길 한 번 돌렸다 하면
무슨 수 쓰더라도 숨어들었을 것입니다
대한민국 한려수도 이리 고운데

우물

진종일 장대비 오락가락한다 해도
흙탕물 함부로 스며들지 못하게 할 것입니다
땅속 깊은 곳에서 솟아오르는
오직 순수함으로 가득 차오르게 할 것입니다
태풍 몰아친다 해도
덩달아 흔들리지 않으렵니다
그대 슬며시 바가지 드리워주시면
춤사위로 사뿐히 다가가겠습니다

사철 한결같은 체온으로
마음 깊은 곳에 하얀 모래를 깔고
사랑에 빠져버린 가재 한 자웅
영원히 품고 있으렵니다

눈이 부시다

삼거리미용실 간판 너머에는
사십 대 아가씨 윤실장이 있다
파마 모자 하나로 피곤을 잠재워주고
스트레스 쌓인 여자에게는
스트레이트파마를 권한다

5월이 오면 모녀 유럽 여행 떠났다느니
효녀, 자유롭게 어머니 모시겠다고
결혼하지 않는다는 따뜻한 소문이
들려오기도 한다

로션 외엔 아무것도 쓰지 않는다는데
절로 윤기 흐르는 얼굴
그녀의 손은
손님들을
금방 멋쟁이로 변모시켜놓는
마술사의 손이다

늘 동동걸음치면서도
입꼬리 살짝 올리고 웃을 때는
그지없이 사랑스럽다

결혼한다고 하여도
어머니 모실 수 있지 않을까
넌지시 말 걸어보려다가
문득 떠오르는 단어
'자유'
차라리 가만히 입 다물고 있을 수밖에

나의 머리 커트를 끝낸 그녀의 모습은
밤마다 밝혀지는
삼거리 환한 가로등보다
더욱더 눈이 부신다

카스텔라에 경고 - 경고, 카스텔라

비단결 고운 모습으로
돌아보지 말라
봄바람에 장단 맞춰
춤바람 난 푸른 밀도
부드러운 가루 되었을 때는
며칠을 못 버티고 수제비가 되기도 하더라
폭신폭신한 쿠션
본래의 자태 유지하기란 어려운 일이다
머지않아 꿈이었음을 깨닫게 될 날 있을 거다
품은 뜻 반드시 이루고야 말겠다는
개성파들만 주저 없이 오라
달콤한 향기 은은하게 풍기는
악취미를 가진 놈
무심한 코 함부로 건드리지 마라
달콤한 것은 누구나 좋아하는 것
좋아한다고, 그렇게 유인해서는 아니 될 일
지나치게 섹시한 것도 그렇다

오묘한 아름다움으로 물드는 단풍보다
더욱더 오묘한 색깔로
물귀신처럼 끌고 가는 죄 많은 너
힐금거리지 말고 곧장 가라
가다가 다시 돌아올 수 없는 길로 들어서라

드립커피 머신

시니어 카페 드립커피 머신
오직 참는 것이 편하더라
65년 이상을 어떻게 살았는지도 모르게
바쁘게만 살아온 세대들을 위하여
언제부터인가
남극 북극 그 어디에서도 찾아볼 수 없는
이상 체온으로 바꾸었나

자식들 각자 살림 떠나보내고
쓸쓸한 얼굴로 찾아오는 어른들
커피향기 더욱 짙게 내리기 위하여
희귀한 저체온으로 둔갑했다
코로나19 팬데믹
두렵지 않을 리 없겠지만
라르기시모 피아노 연주곡
너무 빠른 속도로는 느낄 수 없어
무의식적으로도 직감하고 있다

흐르는 연주에 맞춰
느린 속도로
아주 천천히 느린 속도로
떨면서 떨면서
뚝 뚝

이어지는 영하 추위에도
따뜻한 마음씨 만나는 날 있으니
진종일 앉아있어도 추운 줄을 모른다
기다림은 아름다운 것
차디찬 갈색 커피에서
더욱 짙은 향기 느낄 수 있음을
드립커피머신은 알고 있다

만강滿江

몇 며칠을 두고 검은 비 내릴 때
온 시내 황토물 다 휩쓸고 와
턱까지 넘실거리면
알게 모르게 삼켜대지요
도깨비바늘 숲을 지나
남의 등성이
참외 서리해다가 자루 채 부어놓고
둥둥 띄워주는 큰 손 그대여
새끼들 다 떠내려가는 줄도 모르고
옆구리 병나는 줄도 모르고
비 그치고
자욱한 안개 게으름 피울 때
개구리야
다슬기야
불러대지요
목 놓아 울면서 불러대지요

김진경

jinkkim@daum.net

시작 노트

겨우내 움츠리고 숨어 살았다
불현듯 새 옷을 사고
신발을 사고, 컷트를 하고 돌아오는 길에
꽃집이 문을 열고 있었다
어디서 끌려온 야생화 향기인가
마스크를 벗게 하고
절로 내 몸 낮게 하더니
말 대신 향기로 손 내밀어 주었다
그때 가슴에 봄볕이 환하게 켜졌다
나는 이제 어느 꽃바람의 손을 잡아줄까

*한국예총〈예술세계〉시 부문 신인상. 시집 『붉은 열차』. 글마루문학동인. 고전무용가. 예술시대작가회 회원

쇠똥구리

구르고 굴러야,
둥근 생으로 살아남을 수 있다고
온몸으로 밀고 끌어당기며
비탈을 오르고 웅덩이를 건넌다

수많은 이름들이 희망으로 교차하는,
저 끝없는 공전과 자전의 울퉁불퉁한 길
까치발로 낮은 무릎으로 곤두박질치면서
덩치보다 큰 짐을 끌고 간다

영글지 못한 너와의 사랑도
역겨운 천연가스에 묻힌 미소도
쇠똥 범벅이 된 지 오래된 일이다

오늘은 이쪽, 내일은 저쪽
천 번을 구르고 굴러온 너와 나 사이

사랑도 길을 잃고
그리움에 서로 발을 빼지 못할 때
별빛으로나 길을 찾는다

주저하는 봄

죽음 아니면 살아내기로
외곽을 돌아 나온 아담한 행성
어느 바람결에 실려 왔는지
파도 넘어 너울져 왔는지
노랑, 분홍 어렴풋이 보았을 뿐
화라락, 마지막 숨을 놓아 버린
주검을 본 자리에서
생은 또 다른 꽃을 피운다

이곳은
중력을 거스르는 이파리가 있고,
볕 바른 날 마른 가지에서 터져 나오는
외침이 있고
불면의 시간을 견뎌내야 하는
꽃들의 뒤채임이 쌓인다

산발한 채 휘청이는 나무 아래
일터 잃은 누군가가 비워놓고 간 술잔이
다소곳이 엎드려 있다
아무렇지 않게, 어질러 놓은 봄처럼
흰제비꽃 죽음을 딛고
그늘 한 줌 걷어내며 피어난다

그렇구나, 4월이 봄이어서 다행이구나

소파

다리 부러진 말 한 마리
거실에 앉아 있네
시시껄렁 울다가 웃고
내 모든 비밀을 갉아 먹어 치우고도
한마디 대꾸 없는 무거운 입
혼자 아파 본 이의
생기 없는 눈도 나를 닮아간다
낯선 천 근 무게의 결빙과 해빙이
촘촘히 녹아든 안장
저 무뎌진 낡은 팔걸이조차
내 생의 바닥이었을,
아니, 어쩌면 적요한 빈터에
볕이 필요하다고
내가 나에게 세뇌당해 주던 날
베란다 문을 활짝 열고
봄볕을 불러들인다
바람이 한번 휙 불면 푹, 주저앉을 듯

삐딱하게 기울어져 가는 말이 있다
눈에 익은 내 허물인 양
등 휘어져 앉아 있는 말이 있다

시시티브이

길 건너편
공중에 매달려 살아가는 사람이 있다

팔이 없어서
끌어 안아보지 못하고
다리가 없어
크고 더 넓은 세상을 다 걸어보지 못하고
오직
눈으로 본 것만 기억해 내는
단순한 사람이 있다

그 속에 자신이 아닌
다른 사람의 그림자만 가득 담고 사는
그 사람
낡은 메모리칩을 회생시키려고
날마다 거리를 두리번거리고 있다

서로의
길 반대편에서
사각지대를 바라보고 있는
동전의 앞면과 뒷면 같은 사람
저기 오래된 사람이 눈만 뜨고 있다

바이러스

마스크를 쓰려고
콧등에서 턱선까지
얼굴 절반을 구겨 넣는다
세상에 떠도는 무거운 침묵도
팽팽하게 끌어당긴다

거리에서 적막한 눈빛들이 오고 가고
펄펄 끓어오르는 저녁 9시 뉴스
새로운 환자 소식에
이명이 귓바퀴에 꽂힌다

언제부턴가
요양병원에 계신 아버지
면회가 금지되고
서로 끊어진 시간, 막아놓은 거리만큼
눈부시던 봄 햇살도
꽃 그림자 뒤에 숨어들고

버려진 날들 속에서 속 울음으로
뼛속까지 깊어진 상처

아버지의 새봄은 돌아오지 않았다
다시는, 다시는 볼 수 없는
아버지, 아버지,

새 마스크를 치켜올리는데
숨어 있던 어금니가 시리다

땡볕

쨍, 쨍
따가운 햇볕 쏟아지는
정오의 정수리

발밑을 봐
너를 지켜주는 그늘이 있잖니

외면하진 마
오래 머무르지 않을 테니

뼈를 세우고 근육을 만들어 기른 너희들도
내가 만든 그늘이지

우습잖아
그런 내 눈이 마주치면
꼬리 긴 뱀을 본 듯 피해 다니는 거

나도 타 죽을 거 같아
나무 아래 앉아 잠시 쉬어가려는데
그늘은 오른쪽 왼쪽 뺨을 번갈아 올려붙이지

한동안 통증에 시달리면서도
포기할 수 없는 것은
절박한 푸른 그늘을 꿈꾸기 때문이야

아쿠아리즘

누군가가 나를
고층 빌딩 유리 벽에 가두었다
옆을 돌아보다가
천정을 올려다보다가
빙그르르 도는 물살의 소용돌이에 휩쓸렸다
무릎 낮추어 물방울 가까이 눈 맞춰
손발 지느러미 흔들며, 쫑긋
속살대는 물거품에 귀 기울이면
비눗방울처럼 흩어지는 풋풋한 언어들
맑다, 푸르다, 신선하다
눈부신 말들은 언제나 시리다

출렁,
벽이 다가온다
서두르다, 달리다, 부딪치다
떼구르르, 그만 깨진다
물속에서 터져 나오는 공기 방울 같은 언어들
오늘 새롭게 배운 말들에
갇혔던 나를 방생한다

김용태

kmjyong77@daum.net

시작 노트

이제 좀 쉬면서 놀아보려고 휴직서를 냈다
그런데 그 이튿날부터 된통 앓았다
강화도 갯바람은 어림없고
당일치기 여행도 글렀다
툴 툴 털고 일어나려면
도리 없다. 내일이라도 다시 회사에 나갈까
아니다 백번을 생각해도 민망하다

---

* 한국예총 〈예술세계〉 〈다시올문학〉 시 부문 신인상. 서대문문인협회 회원

로또복권

흥부처럼 살아야 한다고
착하게 살면 제비가 제 다리 부러뜨려
잘 여문 박씨 물어다 준다고,
아들에게 말해놓고
로또복권 두 장 사 들고 집에 오는 길
무거운 발길이 가벼워지면서
주머니가 두둑해지는가 싶은데
어느새 어깨에 힘도 들어간다

입석 마을버스에 매달려
묵은 옥수수 다발처럼 흔들리면서도
유리창 밖의 거리에서
고급 승용차가 통조림 깡통으로 보이고
멀리 롯데타워 건물도
별반 시시하기 짝이 없다

최소한 일주일은
아들에게 부끄럽지 않은 아버지가 될 것이다
그래, 배부른 흥부가 되고 말 것이라며
복권 두 장을 가슴에 붙이고
아침 햇덩이가 중천에 올라설 때까지
잠을 설쳤다

노을꽃

강물에 노을 한 덩이 날아와
첨벙 빠져든다
피라미 떼 몇 줄 은빛 지느러미 치고
갈대꽃 사이
이 빠진 낮별도 돋는다

어디서 밥때 놓친 수리 한 마리가
후레지아 한 다발 들고
서쪽 하늘 깊숙이 날아든다

버스 부처

버스 안에 봄볕 들고요
털복숭아꽃 같은 여고생들이
수다를 떨어댑니다
아줌마 몇이 이산 저산 진달래꽃 피우며
히죽이는 옆에서 젊은 남녀 한 쌍이
서로를 못 견디게 간지러워하는
그 옆자리에서
어르신 한 분이 눌러 참고 있던
마른기침을 온몸으로 밀어냅니다
이거 보세요, 몸도 마음도 마스크로 덮고요
눈빛도 걸어 잠급니다
갈 길은 멀고
고요히 참선에 들어갑니다
108번 버스에
살아 있는 부처들이
뒤뚱거리며 실려갑니다

달리는 미술관

저 빈 택시는
솜털 구름을 머리에 달고 달린다
건널목 신호등이
유리문에 멍하니 서 있기도 하고
북한산 참숯불갈비 간판이
백밀러에 모락모락 얼비치기도 한다
운 좋은 날은 모퉁이 꽃집이
정지신호를 받고
안개꽃 한 아름을 유리문에 오려 넣기도 한다
폐지 할머니의 굽은 등이
미처 액자도 두르지 않은 채
뒷좌석 유리문에 걸려 있다가
봄볕에 쨍그랑 깨어지기도 한다
가끔 저녁 별자리와 편의점 불빛이
서로를 으스러지게 부둥켜안고
유리문에 걸리기도 한다
그대로 달리는 그림전이다

가을 그림

저 하늘에 그림 한 점 걸려 있다

물감을 뒤집어쓴 구름송이들
나무와 새들도
내 그림 속 단골손님이다
이 산 저 산. 골짜기를 마구 덧칠하며
노래하던 어린 날의 나무와 새들
지금 막 갈참나무 숲을 지나온
바람의 향기에
우리 서로 더는 외롭지 말자고
함께 노래하는 단풍나무 발등에서
내 청춘의 그림이
붉으락푸르락 꽃주름 접는다

그녀의 열쇠

요양원 입원을 며칠 앞두고 사라진 열쇠
오직 그 열쇠만이
철문이 입 다물고 있는 비밀의 용도를 알았다
사람들이 두리번거리는 기색을 틈타
재빠르게 여자의 기억을 집어 가버린
철문 열쇠
주머니에서 열쇠가 발견된 건
요양원 입원 예약 일자가 한 참 지나서였다
여자는 열쇠 구멍에 대고 기억을 더듬는다
정작 풀어야 하는 건 철문이 아니라
여자의 몸에서 딱딱하게 굳어가는
기억이다
아랫배를 어루만지며
저녁이면 왜 제 몸을 반짝거려야 하는지
알지 못하는 별들같이
여자의 몸에서 나이 팔십에 걸맞지 않게
발길질이 시작됐다

수없이 뒤틀리면서 일그러진 열쇠의 잔상들
그것이 그녀가 걸어온 생이다
한때 수직 방식으로 순순히
제 몸의 비밀을 열어주던 열쇠만이 알고 있다
기억 속에서 너무 먼 열쇠

봄이잖아?

가만히 눈 감고
잠깐 마스크를 벗어봐
아무도 보는 사람 없어
두리번거리지 말고
거추장스러운 보따리 내려 놓아봐
두 다리 쭉 뻗고
마음이 시키는 대로 따라가 보면
어디서 시작한 바람인지, 그 바람결에
제비꽃 피고, 나비가 날아들어
저것 봐, 뻐꾸기울음에 버들가지 흔들어 대는
바람 소리

내 말 맞지? 거봐, 봄이잖아?

김정기

sil5541@daum.net

시작 노트

시인의 심장은
빛보다 한 발 먼저
별이 지나는 길을 걷는다
마르지 않는 샘물로
때로는 달팽이 걸음으로
목마른 초승달 입속에
빛으로 적셔든다

*〈다시올문학〉 시 부문 신인상. 〈문예바다〉 시 공모전 당선. 공저 『생의 방법론』 외 다수

송아지

코뚜레를 하루 앞둔 송아지
제 어미가 한눈팔고
대문도 입 벌린 채
졸고 있는 틈을 타서
외양간을 탈출했다

네 발끝이 천방지축이다
배추와 들깨밭을 건너
옆집 앞집 텃밭을 넘나들며
채 여물지 않은 고추밭을
마구 짓밟는
저항과 자유를 향한 몸부림

동네 어른들은 왜 미리 코뚜레를 못 했느냐며
입방아가 한창이다
아버지는 앞집 옆집 아저씨를 불러와
막걸리 한 사발씩 대접하며

우리 집 송아지 때문에 미안하다고
여러 번 고개를 숙인다

그러자, 아저씨가
송아지가 뭘 알아, 하며 하늘만 쳐다본다
저녁 하늘에 어린 별들이 부스스 깨어나
밤새도록 뛰어 논다

능소화

장미꽃 왕관이 맨땅에 뒹굴다
물러난 지 두 달
여우고개 넘나들며
세상의 두려움 다 까먹고 살게 하던
아카시아 향기도 시든
7월

햇살의 등살에, 난동부리다가
고개를 바짝 들고
플라타너스 그늘을 거부하며
따지러 올라가는
아지랑이

태풍을 이겨 먹은 시퍼런 땡감
햇살로 속살을 찌우고
대추 알은 검붉게
가을을 기다리는데

모를 일이다
뜨거운 햇살을 비웃는
담장 위 능소화 얼굴엔
땀방울 대신 그 누구를 사랑하는지
날마다 저 혼자 히죽이죽

단풍 연가

백련사 백년스님 얼굴에
붉은 단풍이 들었다

해거름이 늘려주는
스님의 검은 그림자도
노란 은행잎으로 물들었는데
저녁예불 종소리에
억지로 법당에 끌려 들어간다

목탁을 두드려 불경을 외우지만
공염불만 피워내는,
온몸에 물든 오색 무지개

목탁 소리와 스님의 그림자는
두 손을 꼭 잡고
단풍산을,
밤새 오르락내리락 한다

소금

사는 게 마음대로 안 된다고
서러워서 우는 것은 아니다
고향이 그리워 눈물바람 하는 것도 아니다

고등어랑 춤추며
죽을 때까지 친구로 살겠다고
푸른 몸에 온통 하얀 물거품 언어로
각서까지 써 놓고
결국 각진 소금 되어 뭍으로 나와 산다

바다를 잃어버린 고등어가
더 빨리 잠들지 말라고,
바다를 한 번도 못 보고 잠들어 버린
배추를 위로하며,

눈물로
배추와 고등어를 꼭 안아준다

친구

운동화, 구두, 샌들이
서로 다른 이름을 벗어놓고
신발장 속에서
한 방향을 해바라기 하고 있다

웅덩이 밟으며 질퍽거리는
진창길 걸어왔으면 좀 어떠냐

친구야

네가 똥지게를 진다한들
노숙자로 살던

집 네 채에 더하기
월세 받는 상가 건물주로 살던

이혼하고 사업이 폭삭 망해
땅속으로 잠수함을 타고 살던

나는 너를
그냥
친구로 생각한다

도서관

수건으로 책을 감싸고
베개 삼아, 몇 날 며칠 잤다

어느 날 책이 툭 던진 말
나는 베개가 아니다
안갯속의 날로부터
발걸음은 마법에 걸려
책들의 숨 소용돌이에 빠졌다

헛기침은 천둥소리
구두의 망치질에
도서관은 지진이다

입을 꽉 다문 귀와
소리 없이 말하는 책들 사이로
얼음을 깨뜨리는
여섯 살 아이의 외침

오빠 어디 있어,
까치발로 졸 졸 따라가며
커피잔 속에 깨진 말들 주워 담는
아빠

책바다에 헤엄치던 눈동자들은
하늘로 출렁이다가
다시 무지개다리를 건너
잃어버린 날개 찾아
깊은 책바다로 뚜벅뚜벅

눈물샘

남자는 모릅니다
아내의 깊고 뜨거운 눈물샘을
알면서도 몰라야 합니다
그것이 답이라고 생각하면서
한 이불 덮고 살 부비며 삽니다

남자의 눈빛은 무디고 바늘귀입니다
여자의 눈빛은 마이크로미터기입니다
밤새 뒤척이며 울다가 잠이 든
아내는 그대로 강물입니다

물살이 순하게 흐르고
수초 사이로 서러움이 쓸려다닙니다
강울음이 넘쳐 어둠을 적실 때
그 강물에 가만히 편지를 씁니다
납작납작 천 번을 옮겨 적어서
꿈나라로 실려 보냅니다

이병화

112byung@hanmail.net

시작 노트

귀촌 1년 차, 겨울 끝물 언저리
묵정밭에 엎드리면 등짝이 먼저 따사롭다
굵은 냉이 뿌리 뽑으며
'심봤다'를 외치는 이 행복은
어디 쏟아놓을 데 없는 소박한 욕망이다

*한국예총 〈예술세계〉 등단(2004). 시집 『도시의 벼랑에 서서』. 한국문인협회, 한국사진작가협회, 예술시대작가회, 혜화시동인회

너, 폴라리스

북두칠성이 내어준 길을
눈으로 다섯 발자국쯤 걸어야 한다
어둠과 구름 사이를 비집고 들어가
몸 낮추고 마음도 엎드려야 한다
그래야 비로소 눈 맞춤 할 수 있는
너, 폴라리스*

사백 삼십여 광년 흘러왔어도
지치지 않는, 굴절 없는 너의 빛을 사랑한다
긴 세월 우주를 날아와 내게 닿는
그 몇 시간만이라도 함께 하고 싶어서
칠흑 같은 오지의 밤을 찾는다

너, 폴라리스를 뷰파인더 가운데 앉히고
좌우에 카시오페이아와 북두칠성을
그리고 이웃 별들을 두루두루 불러 앉혀 놓고
셔터를 누른다

찰칵찰칵 셔터 울음에 나는 작아지고
가만히 어둠에 묻힌다

여느 때보다 타임머신도 잘 돌아가고
금세 어린 날로 돌아갈 수 있어 좋다
언제고 어디서고 한결같은 모습으로
작은 별들과 우리를 인도하는
너, 북극성
오늘 네 빛을 끌어와 담으며
나도 윤동주 시인처럼
별마다 아름다운 말 한마디씩 붙여도 본다

*폴라리스: 작은곰자리 알파, αUMi, 보통 북극성으로 부른다.

남편의 백내장

1

아침에 '갑자기 마누라가 예뻐 보이면 백내장'이라고, 남의편* 단톡방에 아재 개그가 떴단다 너도나도 안과에 가야 한다는 둥, 아예 종합병원으로 가야 한다는 둥, 웃음바다가 된 카톡방이 거품 물고 철썩인다는데, 농담이라도 초로의 남편들 눈에 마누라가 예뻐 보인다니까 그나마 다행이라고 맞장구치면서 말짱한 안목으론 마누라가 예뻐 보일 리 없다는 역설, 그 뒷맛이 씁쓸하기도 하고 서운하기도 했다

2

저녁 식탁에 마주 앉은 이 남자, 얼굴 좀 살짝 돌려보라는 주문에 무심코 얼굴을 돌렸다 '요즘 당신, 몇 주 장염 앓고 나더니 더 예뻐진 것 같은데?' 퍼뜩 아침에 했던 남편 말이 생각나, '당신 백내장 아녀?' 절묘한 반격으로 승리의 골을 넣은 축구선수의 세리머니만치 거창하지는 않았지만, 앗싸! 속으로 쾌재를 불렀다

3

'응, 그러잖아도 내일 오전에 안과 예약 했다'고, 남편이 담백한 얼굴로 말한다 이거 웃어야 하나 울어야 하나 좀 전에 넣은 골이 자살골? 어쨌든 비디오 판독부터 해봐야지 하면서도 '예뻐 보인다는 건 사실이면 좋겠고, 병원 예약은 농담이면 좋겠다' 중얼거리며 애먼 멸치 대가리만 씹고 있다

*남의 편 : 남편을 일컫는 조크

잡초와 화초 사이

들길 걷다가 한두 뿌리 데려온
하늘하늘 하얀 냉이꽃
달걀 꽃이라 불리는 개망초
노랫말도 예쁜 제비꽃에
허리 구부정한 할미꽃까지
화단 모퉁이 마다에 몸 풀었다

하나 둘 장바구니에 묻어온
빠알간 덩굴장미와 청보랏빛 수국
노오란 수선화와 분홍 제라늄
이에 질세라 들꽃들, 몸집 불리고
무럭무럭 식솔 늘려가더니
화초가 아니라 잡초가 되어버렸다

이쁘게 보면 화초요, 밉게 보면 잡초인 것을
무엇을 캐고 무엇을 남길 것인지
잡초와 화초 사이, 저 여린 것들 앞에서

괜히 꽃삽만 들었다 놓았다 하다가
봄나절이 훌쩍 지났다

아론의 지팡이

제부의 손에 들려온
입주선물 1호 대추나무를
정원 입구, 햇살 환한 자리에 심었다
두어 달 넘도록 살아있는 기미가 보이지 않자
애기사과나무로 갈아치웠다
명당에서 밀려난 대추나무가
마당 한구석에 동그마니
부지깽이로 서 있다가 슬슬 잊혀졌다

꽃나무들이 꽃망울 피우고 꽃잎 떨어트려도
들새 한 쌍 나뭇가지에 신혼 둥지 틀어
알을 낳고 알을 깨고 나온 아기새가
산 넘어 강 건너로 떠나던 날에도
대추나무는 지게 작대기로만 보였다

아마 서너 달은 족히 지났을 참이었다
아론의 지팡이도 아닌데

마른 나뭇가지에 종기 솟듯
연둣빛 생명이 하나둘 비치기 시작했다
"옴마야, 느그덜 안즉 살아 있었어?"
대추나무의 생사를 확인한 게 그리 한참 후였다
모르는 남자가 어딘가에서 날,
눈여겨보고 있다는 걸 상상하던 사춘기 때 마냥
그간의 무심함에 내 볼이 빨개졌다

늦여름, 굵은 대추 몇 알 내놓으며
무관심의 긴 시간을 견뎌온 뿌리의 힘에 반하고
여린 가지의 뚝심에 반했다
보기에도 아까운 대추 한 알 와삭 깨물며
"안 보인다고 없는 게 아닌데…."
"아그덜아, 미안혀"

풍경에 빠지다

장날, 골동품 좌판의 처마종에 꽂혔다
무겁고 투박한 방짜유기
맑은소리만큼은 반전 매력이다
길에서 만난 친구 집으로 데려오듯
장바구니에 담아와
바람의 길목에 풍경을 달았다
야윈 금붕어 한 마리, 강물인 줄 알고
허공을 헤엄칠 때마다
바람을 메아리로 그러모아
뎅그렁 뎅그렁
몸으로 노랠 부른다
바람의 길 여닫고
푸른 새벽 불러오는 처마종
파수꾼처럼 빈집 지키다가
서둘러 저녁을 데려오더니
오늘은 우리 집 풍경
앞산으로 슬며시 마실 갔나 보다

봄일 게다

쇄빙선이 얼음 깨고
겨울 칼바람 등 밀어낸다고
팔등신 기상캐스터가 몸으로 말하고

한 줄 수평선, 검지로 당기면
숭어처럼 튀어 오르던 G음
연둣빛으로 사라지고

얼굴 붉힌 아침 해
앞산 허리춤에서 까치발로 올라와
나목 사이, 듬성듬성한 분홍빛과 스킨십하고

겉옷 입은 채 쭈욱 고갤 뽑은 마늘촉이
배추흰나비와 살랑살랑
썸 타기 시작하는 걸 보니
분명 봄일 게다

봉지꽃

장호원 가는 길
과수원의 텅 빈 복숭아나무 가지마다
때아닌 꽃들이 피었어요
꽃잎에 바람 부스러지는 소리
우째 수상혀요
"바스락 바스락"

작은 아씨 부끄러운 뺨
한여름 땡볕에 그을릴까
날것들에 물릴까 싶어
돌담길 돌던 조선 아낙의 장옷처럼
애써 가려주고 감춰주더니

큰 딸내미 시집 보내며
잠 못 이루던 친정 올케처럼
이 겨울, 작은 바람에도
자꾸만 바스락거리며
떠나간 여름 아씨를 찾고 있어요

한상림

hsr59@daum.net

시작 노트

벗나무 아래
봄이라 써 놓고
꽃이라고 읽으니
꽃그늘이 드리운다

꽃그늘 아래
시의 씨앗을 뿌리고
물을 주었다

*시인. 칼럼니스트. 시집 『따뜻한 쉼표』『종이 물고기』칼럼집 『섬으로 사는 사람들』청향문학상 대상. 국제펜 한국본부, 한국문인협회, 중앙대학교 문인협회, 강동문협, 한국예총 전문위원. 대통령 훈장. 강동구민대상. 일요주간. 해피우먼. 서대문자치신문 연재 중

벚꽃 사서함

하얀 웃음이 흐드러지게 폭발합니다
저 봄비는 시샘인가요, 어리광인가요
여린 바람에도 눌러 참고 있던 웃음이
하르르 쏟아지고 맙니다
떨어진 웃음을 무심코 밟고 지나다
벚나무 아래 파여 있는
깊은 웅덩이 하나를 들여다봅니다
눈물 흥건히 고인 웅덩이에서 들려오는
슬픈 여자의 울부짖음이
뭉그러진 꽃잎 발자국으로 찍혀 나옵니다
지난밤 가출한 꽃잎을 찾아 나선 그녀의
텅 빈 벚꽃 사서함
왜? 왜? 하필이면 꽃잎 쏟아지는 봄날에 떠나야 했냐고,
물어뜯고 따져 보아도 돌아오는 답장이 없습니다
도대체 어떤 이유로
스스로 피고 지는 꽃잎이 된 거냐고,
돌아와 달라고,

당장 돌아오지 않으면 용서하지 않겠다는
그녀의 긴급 소환장과 함께
열세 살 딸아이가 울음으로 꾹꾹 눌러쓴 편지를
사서함에 가지런히 넣어줍니다

봄을 찾습니다

봄날입니다
마스크를 쓴 사람들이 타박타박
벗나무 아래로 줄지어 걸어갑니다
거리를 두고 서로 모른 척 지나칠 때
봄은 소리 없이 다녀가는 중입니다
벗나무는 표정 없는 얼굴을 향해
제 가지를 훑어가며
반쯤 가려진 이마 위로 하얀 꽃잎을 떨어트립니다
임종을 앞둔 어떤 이가 빨간 왕관을 쓰고
봄을 두려워하며 흐느낄 때도
푸른 잎 돋우는 시간은 그리 길지 않았습니다
지난봄 성자가 사막에 꽂아둔 지팡이에서 꽃 피울
기적의 봄은 언제쯤 다시 올까요
쿼바디스 도미네
쿼바디스 도미네
여름이 오기 전
잃어버린 봄을 되돌려 주세요

도미노 게임

물풀을 플랑크톤이 뜯어먹고
플랑크톤을 크릴새우가 흡입하고
크릴새우를 멸치 떼가 삼키고
어린 멸치 떼가 고등어에게 먹히고
고등어를 가다랑어가 깨물어 먹고
가다랑어를 참치가,
꿀꺽꿀꺽 포만감으로 헤엄칠 때
참치를 돌고래가 아작아작 씹어 먹었다
그 돌고래가 돌고래 손칼국숫집으로
돌고래 횟집으로, 돌고래 놀이공원으로
돌고래 펜션으로 끌려다니며
뜯어먹고, 깨물어 먹고, 아작아작 씹어먹는 것들 모두
나에게서 배운 먹거리 방식이다
아슬아슬한 게이머들이다

그늘의 공식

봄비가 대지를 두드린다
대지는 뿌리를 두드려 잠 깨우고
뿌리가 나뭇가지를 흔들어 대면
벚나무가 꽃눈을 뜬다
꽃눈이 허공을 두드리면
허공이 화들짝 놀라 푸른 눈을 치켜뜨고
꽃봉오리도 덩달아 꽃잎을 열어준다
세상의 꽃들이 가장 아름다운 자태를 뽐낼 즈음
바람은 어쩌자고 툭툭 심술을 부리는 걸까
떨어지는 꽃잎이 대지를 다시 두드릴 때
꽃 진 자리가 온통 멍투성이다
한 치 오차도 없는 저 따뜻한 두드림으로
이미 우주가 열렸고
태초에 신은 우주 중심에 사람을 세우셨다
두드려라, 그러면 열리고 말 것이라는
생성과 소멸이 반복하는 관계
그게 바로 그늘이다

살아있는 것들에게 그늘이 없다는 것은
슬프고 안타깝다
오늘도 나는 그늘 속으로 들어가기 위해 새벽을 두드렸다
새로운 하루가 열렸다

스며드는 저녁

아침 햇살은 저녁이면 어디론가 하나둘씩 스며든다
돌아오지 않는 가족을 기다리는
여든셋 여인의 불거진 열 손가락 옹이
굽은 등 ㄱ자 허리 세워보려고 억지 부려도
바닥으로 기울어가는 생
돌아올 리 없는 그림자를 멍하니 바라본다
오십 넘도록 결혼을 거부하면서
노부모 모시던 막내딸은
출근길 계단에서 굴러 의식이 떨어져 나가고
육십여 년 함께 살아온 남편은
말기 암 수술 후 기억이 오락가락
이따금 죽은 형을 찾아
삼십 년 전 어머니 장례식 치르러 가겠다니,
불행은 꼬리를 물고 따라다닌다
웬수 같은 놈,
다시는 찾지 않겠다던 아들놈이 눈앞에 아른거려
생전 뱉어보지 않은 욕을 던져놓고 눈시울 적신다

잘라내고 싶어도 자를 수 없는 천륜과
다시 잇고 싶어도 쉽게 이어지지 않는 천륜 사이
괴질로 단절된 세상은 서로를 잇지 못하고
소리소문없이 스며드는
행과 불행 사이에서 잠시 머뭇거림 뿐
그녀는 오늘도 밥상을 물리고 누군가를 기다린다
아직 그림자가 씩씩하다

산수국

누구도 그녀를 참꽃이라 이름 부르지 않았다
배고픔 대신 씨받이로 들어와
그늘 밑에 몰래 꽃 피우고
열매 맺으면 안주인에게 빼앗겼을 뿐,
오 남매 핏덩이들은 영문도 모르고
엄마를 작은엄마라 불렀다
한집 살면서 등 한번 펴보지 못하고
뒷방에서 살아야 했던 그녀,
다섯 아이가 태어날 때마다
둥지에서 쫓겨날지도 모른다는 불안감으로
감시하고 감시받으며 평생을 살았던 그녀 모두
세상에 헛발 딛고 살았던 건 마찬가지다
남편 세상 떠난 후
아이들 하나둘 둥지 틀어 나간 빈 둥지에서
형님, 동서 서로 의지하며 헛꽃을 피우더니
한 송이 산수국으로
보라색 은은한 미소를 띠고 있다

박종익

parkji1770@naver.com

시작 노트

카메라에서 필름을 꺼내 들었더니
마음이 잠들었다
마음은 카메라 필름이다
사진을 찍는다는 것은 필름을 갈아 끼우고
셔터로 대상을 끌어당기는 내면 의식이다
오늘은 흑백 필름에 멀어지는 당신을
슬그머니 줌으로 끌어 당겨 본다

---

* 우재(愚齋). 한국예총 〈예술세계〉 신인상(시). 한국해양문학상, 최충문학상,
삼행시문학상, 안정복문학상, 전국호수예술제 대상. 시집 『나도 마스크』 모바
일 시집 『코로나유감』, 고양시문인협회, 예술시대작가회, 한국사진작가협회
회원

어물전 저울

한 치 흔들림이 없다

중력에 몸을 맞춘 그는
부둣가 차양 우산 아래 앉아
중력을 이고 생명의 눈금을 사고 판다
저 평평한 피부, 주름살 한 줄 안 보인다
우주의 무게에 목숨이 얹어지면
눈금으로 화답하며
한 세상 각자도생, 너도 영이고 나도 영이다
어물전 앞에만 가면
우주의 무게를 더하려고
목이 아프게 타오르는 애간장
빈 바구니는 영에 가까웠지만
생명의 무게 앞에서 그녀는
우주의 주인이 분명하다
바구니를 대신해서
덤으로 따라가는

튼실한 날것 한 마리가
아줌마의 기분에 따라
우주 중심이 절로 왔다 갔다 한다

어머니의 걸작

어머니는 갯벌을 그리는 화가셨다
뻘배로 한 획 한 획 덧칠할 때마다
그림은 질퍽한 꼬막 냄새로 진동했다
하루에 딱 두 장,
어머니의 화선지는 흰색이 아니었다
신작로처럼 매끈하고 긴 획과
푹푹 허벅지로 밀어내는 거친 붓끝은
풀리지 않는 암호, 거대한 추상화였다
정거장도 쉼터도 나무 한 그루 없는
끝없는 평원에서의 막막한 몸부림은
날 것을 얻으려는 창작의 고통이었다
갈고리로 바닥을 쓸어 담으면
갯내로 풀풀 돋아나는 검푸른 바다 화선지
구석구석 엇갈리지 않도록
어머니는 붓을 놓지 않으셨다
무채색으로 담아낸 캔버스 위에
수평선 언저리 노을빛으로 화룡점정

채색화로 풀어 놓으시는 어머니
썰물이 선물로 안겨 준 화선지 위에서
어머니는 붓을 들고
그 많은 날을 밀물에 그림을 파셨다
작품 한 점 팔려나갈 때마다
배고픔은 밀물로 차오르고
밀린 이자를 썰물로 쓸려 보내면서
나의 등록금을 선착장에 고봉으로 쌓아 올리셨다
그렇게 유명한 화가는 아니었지만
수평선 너머로 팔려 간 어머니의 그림은
유럽에도 미국에도 물살 일으키며 건너가고
지금은 남극과 북극에도 전시 중이다
어느 바다 어느 하늘가,
일몰 수평선에 찬란하게 걸린 어머니의 작품이
내 안에 노을빛으로 걸리고
어머니의 그림을 올려다보며
가만히 잠이 들곤 한다

기저귀

빨랫줄에 경전이 걸려 있다
고슬 바람 몇 줄 펄럭이다 가고
햇살은 애기똥풀 잎사귀 펼쳐놓고
그늘 몇 쪽은 족히 읽었을 참이다
솜구름이 보송보송 봉우리를 넘고 있을 때
마른 물살 치며 열반에 든 흰 바다,
백사장에 어슬렁거리는 게으른 햇살이
그네를 타고, 바람은 이름 없는 섬을
한 번에 읽어나갔다
엄마는 대야 가득 좌표에 없는 무인도
얼룩빼기 지도를 펼쳐놓고
잿물에 꺾이고 부러지는 얼룩 대장경이
소리소문없이 잠들기도 했다
한바탕 거대한 전쟁을 치르고 나면
노래하는 솜구름은
목화밭 고랑에 핀 영가를 뽑아내고
산등성이에 슬어있는 눈물도 닦아주며

마른 그림자도 털어내곤 했다
종일 바지랑대에 걸린 빛줄기 다 거둬들이면
바구니에서 어린 천사의 웃음이
노래인 듯 경전인 듯
햇살에 접혀 마르는 얼룩 대장경

바다의 연금술사

어젯밤 거실 한복판에 걸려 있던
최후의 만찬 액자가 한쪽으로 기우뚱거렸다
가룟 유다의 팔꿈치에 쓰러진 소금 병에서
오갈 데 없는 군상이 와르르 쏟아졌다
소금은 건드리면 깨지고 으스러지는데
시작은 그런 게 아니었다
군상은 갈매기 눈, 구릿빛 염부가 만들었다
시지프스*의 먼 이웃사촌 염부는
슬픔을 순하게 길들이는 사람이다
바위를 산꼭대기에 굴려 올리는 대신
세상의 밑바닥까지 흥건히 고이는
검푸른 눈물을 수차로 길어 올려 어르고 달랜다
세상의 모든 눈물을 거두어들여야
직성이 풀리는 뙤약볕이 소금밭을 파고들면
슬픔을 가두어 놓은 바다에서
서럽게 돋아나는 흰 꽃망울
햇살에 자신을 스스럼없이 내어주는

바다의 속살은 죄가 없다
해가 질 때까지 하얀 슬픔을 대패질한
짠 내 나는 사연도, 저마다
가슴에 퍼 올려 삭히며 보듬다 보면
언젠가는 살맛이 줄줄 흐를 것이다

*시지프스 : 저승에서 큰 바위를 산 정상으로 밀어 올리면 다시
 떨어지는 영원히 반복되는 형벌에 처한 그리스 신화 속 인물

파도에 흔들리는 집

바닷속 풍경이 공짜예요
목 좋으면 대박 날 거라고
재빨리 분양받았어요
튼튼한 밧줄로 엮은 집이지만
알고 보면 구 할은
수협에서 빌려온 집이랍니다
단단한 지붕과 지붕 사이에
허공으로 충만합니다
바람 불면 바람이 통과하고
파도치면 포말이 노래하며 지나갑니다
사는 게 구멍투성이인데
삶의 중심은 그물망 같아서
어디로 튈지 모르고
어느 샛길로 빠져들지
알다가도 모를 일입니다
지붕은 처음부터 없었습니다
어차피 인생은 흔들리는 거라고

기왕이면, 저 바다에서 멋대로 꼬리를 흔드는
가오리라면 어떨까요
그깟 파도에 좀 흔들리면 좀 어떻습니까
구멍은 어긋나기 위해서 존재하는데
파도가 치면 구멍 난 꼬리라도 붙들고
흔들리지 않는 반대편 파도에
윙크라도 마구 날려 보내면 어떨까요

빙하 장례식

그린란드에서 날아온 부고장을 받았습니다
실종된 그녀의 행적은 알 수 없었고
그 흔한 증명사진 한 장 발견되지 않았습니다
북반구 얼음벼랑이었던가요
일만 년 하얀 눈물을 증인으로 불러온
매머드*의 슬픈 장례식에 갑니다
얼음관 속에 누워있는 시조새가
말이라도 붙이면 새파란 입술에서
흘러나오는 노래
얼음산이 흰 이빨을 갈며 부르는 장송곡이
산맥을 무너뜨리고 있습니다
동맥을 자르고 봉우리를 깨뜨리며
속살을 파헤치는 일은
도굴범이나 하는 짓이라고요
가문비나무 아래서 늑대가 울고
붉은 보름달 차오르면
칼바람이 발톱을 세우고, 집 나온 별들이

둥근 이 땅에 잠들겠지요
빙하도 야수의 눈을 뜨고 앙갚음이란 단어를
기억할까요
이글루를 도둑맞은, 저 오 갈 데 없는 북극곰이
오로라의 희미한 증언을 실마리로
빙하 조각배를 타고 범인을 찾아 나섭니다
수십 번도 더 그려보는 범인의 몽타주
천 개의 눈빛을 가진 짐승의 머리
대왕고래보다 더 큰 몸통에
가시 지느러미를 붙여 보기도 하지만
도대체 꼬리가 몇 개인지 알 길이 없네요
분명 눈 폭풍보다 더 차가운 심장과
수백 개의 날카로운 이빨을 가진
범인의 모습은 점점 더 무섭고
고약한 얼굴로 변해갑니다

*매머드 : 빙하기에 멸종된 긴 코와 긴 어금니, 털로 덮인 코끼리
 와 비슷한 대형동물

시합

물속에서는 단 한 번도 주먹으로
바다를 때려 본 적이 없는 아이들
백사장 위에서는 물 주먹을 쥐어보지만
파도와 싸울 때만은 손을 편다
갯바위에서 잡은 참고동을 걸고
넙적바위까지 물 속을 달리는
새카만 원시의 전사들
명절이면 불알친구들 불러모아
오랫만에 한잔 거하게 들어가면
갯바위에 오지게 붙어있는
화려한 무용담이
저마다 기억 속에서 꿈틀거리며 살아 나오는
잊히지 않는 전설이다
그것을 기억하는 증인은 희미하지만
패자의 기억은
벌써 파도에 쓸려 간 지 오래다

이헌영

e-mail : lhy6426@naver.com

시작 노트

쓰기가 두려울 때
가벼울 때는 가벼운 대로,
무거울 때는 무거운 대로
그래서 졸작이라면 그런대로,
제멋에 겨워서
늘 제멋에 겨워 쓰기를 내가 나에게 요구한
다.

* 한국예총 〈예술세계〉 신인상(소설). 이헌영패션 대표. 아이디어 장편소설
『한 생각』. 장편소설『은미야. 노래해 괜찮아!』

화진포의 밤

싸늘히 얼어붙은 창백한 호수
검은 송림 속 희미한 사잇길
꿈에도 보았던 그 길

찬바람이 뺨을 스칠 때
눈 쌓인 나뭇가지 하나
힘겨워 부러지는 소리
따! 악!
그래! 이 소리!

지금은 잊혀진
아니 지금도 잊지 못하는

얼은 채로 숨 쉬는
화진포의 밤을 마냥 서성인다

인연

인연이 닿아서일까?
낡고 초라한 절간을 돌아보다
까까머리 돌중과 마주 앉아
지기인 양 이야기 밭을 갈다니

이것저것 개의치 않고
주고받다가
오랜 의문들을 처음인 것처럼 내밀며
꼬리에 꼬리를 이은 밭갈이

삶에 대하여
삶 이전에 대하여
죽음에 대하여
죽음 이후에 대하여

정말 인연이 닿아서일까?
내 생의 간섭을 기꺼이 받아들이다니

복사꽃

나뭇가지마다
하얀 점들이 돋아났다. 어?

이틀이 지나자
하얀 점들이 연분홍으로 통통해졌다. 어라?

또 이틀이 지나자
분홍 봉오리가 기지개를 켜듯 벌어진다. 오호!

그리고
또 이틀이 지나자 화 알 짝 피었다. 이! 야! 아!
혼자 보기 아까운 복사꽃

같이 보자! 여보야!

건널목 차 안에서

차 안에서
건널목을 건너는 사람들을 보았습니다
초록 불이 켜지자 내 달리는 청년은
애인과의 약속 시간에 늦었나 봅니다
사람들 사이사이를 부지런히 걷는 젊은 여자도
약속 시간이 다 됐나 봅니다
목적지가 있는 사람의 발걸음은 거침없습니다

저들 중 몇몇은 목적지가 없어 보입니다
중절모를 쓴 저 사내, 강아지한테 끌려가는 저 아낙
초록 불이 깜박거려도 아랑곳없네요

각각의 사람들
표정은 하나
꾹 다문 입술, 무표정이더라고요

나정호

napoes@naver.com

시작 노트

나는 모퉁이의 불빛을 기억한다.
그 불빛 아래서
내 짝은 늘 소외와 편견이었다.

*신라문학대상. 해양문학상 수상. 문화예술진흥기금으로 시집 『불안한 꿈』 육
필시선 『달콤한 흔적』 『내가 새가 아니어야 하는 이유』 외 다수 발표. 꽁트집
『내가 죽었습니다』 희곡 『첼로』 『밤길』 외 다수의 공연 작품 발표. 현) 롯데문
화센터 '사랑의 인수분해' 강사

흐린 날

먹구름 한 척 빈 들을 절뚝이며 스쳐 갈 즈음 밭이랑 풀잎
사이 푸른 목덜미에 숨어서 흐린 얼굴로 돌아온 너를 만나는
순간,
가슴속을 들이치는 검은 빗방울
나는 산맥을 넘어온 암흑이 된다 특별한 눈물이 된다 비애가
된다 너의 어두운 울음이 된다

뽀글래요 미용실

어려서 내 머리에는 너무 많은 길이 생겨났다가 사라지곤 했다 교련 선생님이 내 어린 자존심을 바리깡으로 밀어주신 정수리고속도로, 누이 손에 끌려간 미용실에서 꾸불꾸불 말아 올려놓은 숲길에 종종 새들이 날아들어 둥지 틀고, 식물도감에 도 없는 검은 풀잎들이 무럭무럭 자라났다 속수무책으로 떠돌 던 열아홉 사춘기를 싹둑싹둑 잘라주고 더벅머리를 순하게 어 르고 달래주던 뽀글래요 미용실, 대꾸 한 번 못하고 바닥에 널브러지던 순하디순한 머리카락들, 그때마다 내가 미처 걸어 보지 못한 길들이 빗자루에 어둑어둑 쓸려나가곤 했다

내가 새가 아니어야 하는 이유

상수리나무는 너무 많은 가지를 내면
고생길에 든다는 걸 안다
서로 잎이 되려고
햇빛과 바람, 구름을 부둥켜안으려고 억지 부릴 때
위험한 줄 잘 안다 그걸 빤히 알고 있는 비바람은
누군가 기다릴 때는 쉬 걸음하지 않는다
상수리나무는 버리고 꺾어내야 할 것들을 알고 있다
그러므로 나무는 그냥 나무인 척 가만히 서 있어야 한다
그러므로 내가 상수리나무가 아니고
도토리 열매가 아닌 것이 마땅하다
겨울이 지났다고,
나의 생은 더 이상 춥고 몸서리칠 일 없다고
말하면 안 된다 말이 씨가 되기 때문이다
나는 세상에 너무 많은 말들을 씨앗처럼 뿌리고 잠재우며
살았다
그것들은 새가 되지 못한 채 어디론가 쓸려 다니고
밟히면서 흔적도 사라지고 없다

내가 무수히 지우고 뭉개며 터트려 놓은 무정란의 씨앗들,
이제 봄은 언제든 다시 온다고 노래하는 것도
모두 터무니없는 헛소리다
상수리나무가 꺾이지 않으려면 온몸으로 흔들리며
제자리에 서 있어야 한다
내가 도토리나무가 아니고 상수리나무는 더욱 아니고
새가 아니어야 하는 이유가 바로 여기에 있다

노란 슬픔

어머니 세상 떠나시던 날, 아버지는 들어줄 누구도 없는 노란 셔츠 입은 사나이를 혼자 부르시다가 채 2절이 끝나기도 전에 어머니를 따라 흘러가셨다. 회현동 음반 골목도, 노래하던 노란 셔츠 사나이도, 아버지를 따라 어디론가 떠나버리고 노란 셔츠만 덩그러니 남았다 아버지는 어머니를 사랑하고, 어머니는 노란 셔츠 입은 사나이를 사랑하고, 나와 아버지와 어머니 사이에서 영문도 모른 채 걸려있는 노란 셔츠만이 사랑을 부르짖는다 작금엔 노란 셔츠 그런 터무니없는 사랑 안 보이고 노란 셔츠도 안 보인다 옷장에도 카메라에도, 서랍에도 노란 셔츠 그림자가 얼씬거리지 않는다

애상

길을 가다가
아무렇게나 꺾어 든 철쭉도
허리뼈가 들쑤시고 옆구리가 아플까

아니면, 가슴이 시릴까

아
토
포
스

5

atopos